KB050150

물망초 꿈꾸는 언덕에서

천년의시 0145

물망초 꿈꾸는 언덕에서

1판 1쇄 펴낸날 2023년 2월 24일
지은이 황진구
펴낸이 이재무
기획위원 김춘식, 유성호, 이형권, 임지연, 홍용희
책임편집 박예솔
편집디자인 민성돈, 김지웅, 정영아
펴낸곳 (주)천년의시작
등록번호 제301-2012-033호
등록일자 2006년 1월 10일
주소 (03132) 서울시 종로구 삼일대로32길 36 운현신화타워 502호
전화 02-723-8668
팩스 02-723-8630
블로그 blog.naver.com/poemsijak
이메일 poemsijak@hanmail.net

황진구ⓒ, 2023, printed in Seoul, Korea

ISBN 978-89-6021-699-0
      978-89-6021-105-6 04810(세트)

값 11,000원

물망초 꿈꾸는 언덕에서

황 진 구   시 집

천년의
시 작

시인의 말

살면서 잊지 말아야 할 것들이 있다. 그런가 하면 잊어버리면 안 되는 것도 있다.

그런데 우리는 잊어버리고 산다. 나는 크게 네 번 생명을 잃어버릴 뻔했다.

2007년 1월 혹독한 추위에 출혈성 뇌경색이 와서 생명을 잃을 뻔했다. 그리고 정확히 1년 뒤 송년의 밤을 보내고 빙상 경기장에서 졸도해서 뇌진탕으로 역시 생명을 잃을 뻔했다.

다행히 신정에 의사 선생님 있어 응급처치하고 병원으로 호송되어 생명을 건졌다.

나는 2010년 신장 투석을 시작했다. 그리고 생명의 끝에 와서 죽음을 다투다가 신장을 이식해 기적적으로 살아났다.

마지막으로 2021년 1월 급성 심근경색이 왔다. 많이 늦었다. 코로나 기간이라 검사를 안 받으면 의사를 만날 수가 없다고 했다. 우여곡절 끝에 응급 시술을 했고 잃을 뻔하였던 생명을 이어 갈 수 있었다. 모두가 살아 계신 하나님의 은혜였다.

나를 잊지 마세요. 물망초의 꽃말이 나의 삶이다.

첫 시집을 내면서 봄의 새순처럼 여리고 수줍고 부끄럽다.

단지 마음의 호수에 조그만 돌멩이 하나를 들어 던져 본다. 작은 파문이 일었으면 족한 마음이다.

연무 언덕에서 생명의 피리를 부는 목사 시인

차 례

시인의 말

해　설

제1부 벼룩도 낯짝이 있어야 살지

미처 몰랐네

손만 잡으면 되는 걸
그걸 몰랐네.
마음만 열면 되는 걸
그게 쉽지 않았네.

미안하다 사랑한다.
입만 열면 되는 걸
그걸 미처 못 했네.

나 바빠 조용히 좀 해
귀만 열면 되는 걸
그걸 못 했네.

시간을 열어 들으면 되는 것을
귀도 입도 마음도 못 했네.
살면서 온통 미안한 것뿐이네.

마음만 열면 되는 걸
그게 쉽지 않았네.
미안해 사랑해.

우리는 매일 잃어버리고 산다

어제는 시간을 잊어버렸고
오늘은 오던 길에 여름을 잃어버렸다.
가을아 사라지는 것이 너뿐일까.

예전에도 그랬던 것처럼
아직 내 사랑은 기억은 했을 텐데
지금은 잃어버리고 산다.

산다는 건 잃어버리는 것투성이
휴대전화를 잃어버려 찾다가 나를 잃어버리고
나를 찾다가
친구를 잃어버린 때가 있다.

밤마다 너를 잃어버리지 못해
눈꺼풀이 내려오고
피곤이 눈에 덕지덕지 붙어서
가을 곁에 머물다가 간다.

네 위에 비는 내린다.
나는 네가 머물다간 사랑을 기억하고

그 사랑으로 오늘을 산다.

나를 잊어버리기 위해서
너를 기억하기 위해서
오늘은 산다.

＊『희망봉광장』 신인상 등단작(2018).

당신 때문

행복합니다. 당신 때문에
뿌리의 수고가 없는 꽃이
행복할까요.

강요된 희생이 사랑 아니고요
당연하다고 생각하는 당연함이
구렁이가 담을 넘고 있어요.

태양도 숨을 죽이고
이별을 고해야 할 시간
해가 꼴깍꼴깍 문턱을 넘지 못해
애를 쓰고 땀을 뻘뻘 흘리고 있네요.

사랑하고도 모자라서
못다 피운 채로 남아서
지는 해를 바라봅니다.

의무를 다하고도 모자라 땀 흘리는
당신 때문에 행복한 하루를 살았어요.
고맙습니다. 당신 때문에

꼬여 버린 것들

먼저 오르려 아등바등
등을 비벼 가며 오르다가
살갗은 벗겨지고 꼬이고 꼬여
마음까지 꼬여 버리고 말았다.

나 아닌 또 다른 내가 미워서
등을 돌리고 살았다.
밤이 오면 상처 난 자리가 쑤시고
뼈 마디마디가 욱신욱신 저리고 아픈 것이
나 때문인 거 같아 후회가 밀려온다.

모진 비바람 부는 아픈 날이면
서로가 서로에게 의지가 되고
약함이 힘이 되는
필요한 존재였음을 깨닫는다.

우리는
보듬고 안아 주고 달래 주고
등을 기대어 살아가는
등나무 같은 존재이다.

속고 살지는 말아야지

뜨락에서 하늘을 보았다.
해는 붉다 하고 하늘은 파랗다 다툰다.
땅은 갈색이 맞다 하고 하늘은 아니라 초록이라 한다.

시냇물은 흰 것이 맞다고 하고
물속에 자신을 드러낸 하늘이
아니다 초록이라 우긴다.

봄은 연둣빛이라고 여름은 파랗다고 하고
가을이 얼굴을 붉히며 붉은 것이라고 한다.
겨울은 겁에 질려 하얀색이 맞다고 한다.

마주 보며
자기가 보는 것이 맞다고 다투니
파란 하늘이 갑자기 검게 변하고
땅이 흰옷으로 갈아입는다.

빛바랜 사진은 나라 하고
현재 나는 내가 아니라 하고
내가 맞다 아니다.

내가 아닌 내가 서로 다투고 있다.

아무리 우겨 본들 그것이 맞다고 하겠는가.
계절은 색깔을 바꿔 놓고 시간은 나를 바꿔 놓고
나는 너를 바꿔 놓고 너는 나를 바꾸려 한다.
아무 말 말자. 나는 내가 바꾼다.

나는 너에게

가을이 나무에게 불쑥 손을 내밀었다.
아직 여름인 줄 알았는데
당황해서 그만 얼굴이 붉어졌다.

가을아, 가을아, 미안해.
네 손을 잡아 주었어야 했는데
당황해서 그만, 나도 계절을 잊었다.

오랜만에 친구를 만났다.
불쑥 말을 건넸다.
너무 놀라 그만 마음을 쏟고 말았다.

얼굴이 화끈거려 도망치듯 뛰쳐나왔다.
미안해 친구야. 조심했어야 했는데
당황해서 그만,

산과 들이 얼굴이 노래졌다 빨개졌다 한다.
나는 물을 쏟뜨리듯 자주 말을 쏟뜨리고
주워 담지를 못해 당황해서 그만
가을 산처럼 얼굴과 마음이 화끈거린다.

＞
산이 노랗고 빨간 것은
내 마음 때문인 것 같아.
친구야 미안해.
조심성이 없어서 그만,

풋풋한 사과처럼 마음이 덜 익은 탓에
너를 바라볼 수 없었어.
홍시처럼 익어지려면 멀었나 봐.

가을이 나무에게 말을 건넸다.
왜 이리 얼굴이 붉어졌어.
그 말에 부끄러워서 그만
몸 둘 바를 모르고 온통 붉어졌다.

색깔만 말만 바꿨을 뿐인데.
산도 마음도 온통 형형색색이다.
친구야 네 덕분이다.
내가 그걸 잊고 살았네.

정말 미안해.

가을이 나무에게 말을 했다.
네가 붉어서
내가 붉은 것이었는데, 라고

마음이 아픈 이유

햇살이 부지런히 유리창을 닦고
빨강 동백이 봄을 보고 싶다고 애원한다.
한때는 나하고 상관없는 줄 알았는데
떡국이 반갑지 않은 이유가 여기 있었다.

아내에게 안 먹겠다고 괜스레
투정 아닌 투정을 부려 본다.
아버지의 벗어지는 머리가 생각나
설에는 떡국을 금식해야 할 것 같다.

아버지와 먹은 떡국이
목구멍에 걸려 넘어가지 않았는데
그리운 아버지는 일흔다섯 번째
떡국도 못 드시고 수저를 놓으셨다.

그때나 지금이나 나이도 금식했었더라면,
마음이 이렇게 아프고 쓰리지는 않았을 텐데.
떡국을 금식하는 것처럼 나이를 금식했다면
이렇게 서글프고 애달프지는 않았을 텐데

나이테

나무에는 나이테가 없다.
윙윙 속으로 서럽게 운 나무는
속이 비어서 주름살 깊은 골짜기뿐이다.

얼마나 아팠으면
얼마나 고통스러웠으면
울음을 삼키느라
발등 손등이 터지고 갈라졌을까.

삶에도 나이테는 없다.
나무와 같이 터진 흔적만 존재할 뿐
안으로 파고든 고통을 갈아 내느라.
울음을 삼키느라.
속이 비어서 나이테가 없다.

인생이란, 나무의 시련과도 같은 것
삶에 고통이 터져 나와
두꺼비 손과 같이 터진 공룡 발바닥 같은
흔적만 존재할 뿐이다.

>
지문이란 인생의 나이테는
나무껍질과 같아서
골이 깊으면 깊을수록 비명이 우렁차고
나무 고름처럼 흘러나와
시간의 칼에 손을 벤다.

기억은 거칠다. 숨은 뜨겁다.
얼마나 오래되었는지
얼마나 오랫동안 살았는지
시간을 잊어버리고 나이도 잊었다.

삶에 지문이 없어진 날
수없는 시간을 갈고 닦으며
나잇값도 못 하고 살았는데

손가락 마디마디에 삶에 나이테를 하나둘
세고 또 세다 잠이 든다.
세다 세다가 어느 골목에선가 그만 잃어버렸다.
문득 닳아 없어진 시간에 나이테를 보며
침을 꿀꺽 하고 삼킨다. 또 가는구나.

혼자 산다고?

구름아, 아침부터 이사하느라
얼마나 수고가 많니
사랑하는 사람이 분주하다.

가다가다 지쳐서 다리가 아프거든,
고갯길에 잠시 짐을 풀어 놓고 가렴.

짐을 내려놓으니
모두 좋아라 아우성이다.

신이 나 하길래 구름 보따리를
모두 풀어 놓았다.
그랬더니 부담된다나 어쩐다나.
나보고 어쩌라는 건지

보따리를 안 풀면 안 푼다. 너무한다.
땡볕에는 못 살겠다 아우성친다.
풀면 너무 많이 푼다. 무겁고, 칙칙하다.
원망 불평이니 나보고 어쩌라는 건지.

>
인생을 살다 보면
이럴 때도 저럴 때도 있지
왜 이리 불평인지 모르겠다.

그러니 내가 인상을 쓸 수밖에
그러니 내가 또 웃을 수밖에.
사랑하는 이를 위해서는 적당한 게 좋다.

인생 나 혼자 잘살자고 하는 것도 아닌데
나보고 어쩌라는 건지 모르겠다.
인생 사는 동안 사랑비나 되어 보자.

정말 미안해

한여름
더위도 갈등한다.
비도 가고 싶지만 길이 없어
괜히 미안해진다.

시원한 소낙비라도
퍼부었으면 좋으련만
갈등이 깊어 괜히 미안해진다.

온종일 이 생각 저 생각
저녁나절에 폭우를 내렸다.
잘못한 것 같아 괜히 미안해진다.

바람도 갈등이 깊다.
찜통더위에 바람이라도
시원하게 불어 주고 싶다.
길이 없어 괜히 미안해진다.

밤새 갈등하다가
폭풍을 후후, 하고 불어 주었다.

또 괜히 미안해진다.

나도 갈등이 깊다.
너에게 잘해 주고 싶었는데
하느라고 했는데, 길을 잘 몰라
괜히 미안해진다.

드디어 비가 온다.
답답했는데 속이 시원하다.
체증이 쏙 내려갔다.

웃는 얼굴을 보니 나도 기쁘다.
진작 그럴 걸 그랬다.
잘한 거 같아. 괜히 으쓱해진다.

철판도 쓸데가 있다

나보고 뭐 어쩌라고
마른장마가 뭐, 뭐 뭐 한다.
햇볕이 넉살 좋게
얼굴을 불쑥 들이밀었다.

얄미운 것 같으니라고
넘실넘실 곁에서 가볍게 살라고
흰 구름이 방긋방긋 좋아하며
둥 둥 둥 떠간다.

나보고 뭐 어쩌라고
마른장마가 넉살 좋게 방끗 웃는다.
뻔뻔한 것 같으니라고 웃지나 말지.
얼굴을 쏙 집어넣었다.

얄미운 것 같으니라고
진즉 집어넣을 것이지
내가 말했잖아. 비 내린다고.
드디어 장마다.

>

그동안 뭐 했니.

얼마나 고대하던 빗방울인가.

철판도 쓸데가 있네.

나도 덩실덩실 춤을 춘다.

너무 서운해

낮잠을 자다. 눈곱 낀 얼굴로
고개를 빼꼼히 내밀어
마주한 반가운 얼굴

사랑하는 이가 잠에서 깨어
화장기 없는 얼굴로 고개 숙여
채소밭에서 일하는 고마운 얼굴

옥수수 가지 고추 토마토
눈을 맞추어 반가이 미소 짓는
키 작은 여우비

호랑이 장가 간 서편 하늘에
사랑 무지개 걸어 놓은
고마운 사랑비

입맛만 다시다 간 비에
고맙다고 인사하는 초롱이들
환한 얼굴로 대답하는
족제비 같은 여우비

약속 시간은 알고 있지

더위가 놀다 간 자리에
여름의 기억은 지워진다.
단풍나무 그늘 밑에
낙엽들이 돌아온다.

간사한 마음이 앞서고
찜통더위 너무너무 미워서
계절 앞에 순응해야 하는데

계산에 약삭빠른 나는
내 이익 때문에
더운 여름 빨리 가라 등을 떠밀고
노란 은행잎 계절 서둘러 오라 손짓하니

입추立秋는 벌써 지났기로
계절을 돌려세운 철부지 여름
붙잡은 늦은 약속 시간 때문에
물장구를 치며 물놀이하는 더위는
당연한 듯 하지夏至인 줄 착각하고 있다.

하얀 그림자 1

해거름에 그림자가 졸졸졸
벌초 오는 기나긴 행렬을 따라
코스모스 들길을 걸어서 왔다.

부모님에게 설에 다시 올 것을
약속하고 손을 흔들고 떠날 테지요.
다음엔 혼자 와야지. 질기게 따라다니는 것을
떼어 놓고 와야지 다짐했지만
기어이 설까지 따라왔다.

세배하고 저녁 먹고 들러붙어
자고 간다고 성화다.
잘 왔다. 잘 왔어.
어머니는 반기며 며칠 편히 쉬다 가라 하신다.
입 하나 늘었는데 귀찮지도 않은지 말이다.

아버지께서도 늘 따라다니는 것이
외롭지 않고 부족한 일손 도와주니
며칠 쉬다 갈 거지 하고 좋아하신다.

>

나는 세상에 존재하지 않는다.

그러나 미워하지 않기로 했다.

내 이름은 하얀 그림자.

가시려거든

가시려거든
너무 멀리는 가지 마세요.
내가 찾을 수 있게요.

가시려거든
아주, 가지는 마세요.
내 눈이 짓무르지 않게요.

만남도 이별이라
떠나는 당신 보내기가 아쉬워
허리춤이라도 붙잡고 애원하고파요.

가시려거든 머뭇거리지는 마세요.
뒤돌아보지도 말고 버려두고 가세요.
당신 온기 붙잡고 애원하며 놓지 않을 테니까.

떠나려거든 떠나세요.
가시려거든 아주 가세요.
미련 없이 가시는 길에
제 온기도 가져가세요.

제2부 가끔은 흔들릴 때가 있어

정말 그런 거야

그래그래 그런 거야.
삶이란 고양이처럼 살금살금 기어가다가
연기煙氣처럼 흔적도 없이 사라진다.

늦은 저녁 뒤꼍에서 만나
시간에 그림자를 길게 드리우고
꽃과 함께 잠이 들었다.

그래그래 그런 거야 삶이란
아침밥을 짓느라 매운 눈물 콜록거리며
아궁이에 불 지피는 어머니 한숨과 같다.

그래그래 그런 거야 삶이란
연기煙氣처럼 힘을 쓰다 쓰다
잃어버리는 게 너무 많아

그래그래 그런 거야 다 그런 거야
오늘은 잊지 말자
곁에 네가 있다는 것을

꽃등을 들고

봄이 온다고 했으니
꽃등 들고 맨발로 뛰어 나가 볼까.
아직 잔설이 정원에 누워 있고
혈관을 타고 동백이 불그스레 핏빛이 돌면
정원에 봄이 빨갛게 빨갛게 고개를 내민다.

오늘쯤이면 남으로부터 바람같이
임이 오신다고 했으니
이른 아침 맨발 설레발을 친다.

설은 아침 뜬 눈으로 들여다보니
얼씬거리지 마라. 길을 막지 마라.
겨울과 봄이 문 앞에서 웃으며 실랑이한다.

꽃샘추위에
버들도 오돌오돌 떨며 서성이고
봄이 매화꽃 봉오리에 내려앉던 날

고대하던 임은 바람에 기대어
골짜기를 넘어 버들을 흔들고

설레는 마음 벽에 못질을 하고
봄이 목련 어깨 위에 꽃등을 들고 섰다.

네가 있어 참 다행이야

겨울엔 따뜻한 용기
가슴까지 저미게 해 주는 이
너였어.

아픈 가슴으로
봄을 어루만져 주는 이
너였어.

여름엔 가슴 시리도록
시원함 주는 이
너였어

모진 비바람 가도록
손수건 흔들어 주는 이
너였어.

그래 너였구나.
네가 오려고 한여름
그렇게 몸살을 했었나 보다.

>

그래 너였어.

생각해 보면

네가 있어 참 다행이야.

탑정호 줄다리기

새벽안개 속 백제의 전설이 살아 숨을 쉰다.
황산벌 드넓은 들엔 충정이 살아 흐르고
가쁜 숨을 토해 내며 물보라 이는 탑정호에는
천륜을 칼날로 베고도 이루지 못한
계백의 사랑이 잠들어 있다.

사나이 뻔뻔한 눈물이 밤이슬 되어
천년 역사에 물고기 들숨 날숨으로
흥건하게 호수를 적셨는가 보다.

헉헉거리던 호수는
목이 말라 바짝바짝 타들어 갔다.
하얀 거품을 물고 잠들었던 태양도
역사의 죄인인 양 고개를 숙이고 있다.

설움에 복받쳐 울던 개구리들 다 어디 가고.
여름 진군 나팔수 매미들 황산벌을 깨운다.
백제여 계백이여 용사들이여 일어나라.

여름은 탑정호의 재를 넘지 못하고

샅바를 부여잡고 숨을 헐떡이며
황산벌 줄다리기가 한창이다.

선물

사는 동안 불평 한마디 없이
곁을 지키고 있는 너는
그 자리에서 말이 없다.

시원한 바람으로 나의 바람을
부채질하던 너는
가려움을 긁어 주는 선물이었다.

입추도 지난 지 벌써 오래
가는 여름이 못내 아쉬운지
가을이 오는 것을 시샘한 더위가
너를 피곤함에 지치게 한다.

언제나 내 곁에 친구가 되어
지금까지 말없이 지키고 있었다.
이제 떠나보내야만 할 거 같아.

앵앵 매미 소리를 내며
나를 웃게 했는데
못 본다니 서운함이 앞선다.

\>

더위를 보자기로 싸매면서
아쉬움에 눈물 짓는다.
반가운 얼굴로 다시 만나자.
그럼, 여름아 안녕.

시계는 알고 있다

나무도 알고 있다.
낙엽이 지고
눈 내리고 있다는 것을

겉으로는 웃음을 짓고 있다.
피부가 거칠고 굳은살이 갈라진다.
주름이 또 하나 늘어 가고 있다.

나만 알고 있는 게 아니다.
속이 깊은 너도 알고 있다.
시간이 가고 있다는 것을 말이다.

저녁 먹은 것이 거북하고
손과 발을 동동거린다.
오들오들 떨고 있다.

갈라진 발뒤꿈치에서
인생의 굳은살은 딱딱하다.
아픔의 시계는 소리를 지른다.

너와 내가 사는 법

내가 듣고 싶지 않은 말
너도 듣고 싶지 않다

내가 하고 싶지 않은 말
너도 하고 싶지 않다

내가 하고 싶은 말
너도 하고 싶다

내가 하고 듣고 싶은 말
너도 하고 듣고 싶다

너는 말을 못 한다.
나는 듣지를 못한다.

비극일까. 축복일까.
너와 나는 그렇게 산다.

너무 애쓰지는 말아

건들기만 해 봐 가만두나
한때는 아픔을 주고 살았다.

살을 베고 세월을 배고 살아야 했다.
사랑한다면서 날이 선 칼로 찌르고
베이는 삶을 살았다.
억새같이 억세게 살려고 몸부림쳤다.

제 잘못이지 뭐, 왜 못 하는 거야.
그것밖에 안 돼. 그것도 못 해.
나는 잘하는 것처럼 살았다.

생각해 보면 인정은 고사하고
격려를 사치로 여기며 살았다.
생각해 보면 가까이하지도 못하는
억새처럼 살고 있었다.

흔들리는 갈대를 보았다.
찾아오는 이 없으니 삶이 얼마나 서글픈지
갈대를 보며 알았다.

>
인생은 기쁨 아니면 슬픔
뼈마디가 녹고 온몸이 사그라드는
흔들리는 모습으로 살아도 좋다.
곁에만 있어 다오.

흔들면 흔들라지. 흔들리면 뭐 어때,
인생이 뭐 별거냐.
흔들리지 않는 갈대 같은 인생이 있더냐.
흔들리지 않으려고 너무 애쓰지는 말자.

뭉이와 이별하면서

환자는 돈 낸 만큼이 아니라
아픈 만큼 치료받아야 한다.
―이국종 의사

어제는 어제일 뿐이다.
어제 슬프다고
오늘까지 슬퍼야 할 필요는 없다.

개는 어제 갔어. 눈에 눈물이 났어.
그 눈길을 피할 수 없어
오늘 나는 슬프다.

너는 어제 갔고
너와 헤어지고 뒤돌아서는데
네 모습이 어른거려 슬픈 눈길이 머문다.

갠 어제 갔어, 나를 두고 말이냐.
그 짧은 이별의 순간에도
개는 태연했다.

나를 향해 보내 주었던 눈길을
잊을 수가 없어 나는 슬프다.
오늘은 오늘인데 말이냐.

개는 갔고 나는 슬플 이유가 없어.
개는 개일 뿐이고 나는 나일 뿐이냐.
사랑스러운 그 눈길 피할 수 없어.
나는 너 때문에 마음이 아프다.

아버지는 일용직 근로자

꼬불꼬불한 산을 걷다가 고목을 만났다.
다리 허리가 고장이 난 나무는
가지가 힘겹고 잎도 무거워 보였다.

비바람에 하루하루를 버티다가
다리는 천근만근 힘이 든다.
가지가 늘어졌다.

귀찮고 떼어 버릴 수도 없다.
갈잎에 올라탄 비조차 무겁다.
어깨가 결리고 무릎은 시리다.
팔다리는 힘에 버겁다.

다리 허리가 고장이 난 나무는
곧게 해 보려고 안간힘을 써 본다.
어쩔 수 없는 형편에 기를 쓰고
가지를 돌보고 꽃을 피워 낸다.

꽃조차도 무겁고 버겁다지만
아내와 자식을 위해 어렵다 힘들다

불평 한마디 없이 살아온
고목 같은 늙은 아버지

자기 삶에 사랑이란 이름으로
기쁨도 사치로 여기고
고목처럼 떡하니 버티고 서서
비바람을 막아 내었다.

가족이란 무거운 가지 잎을
사랑이라는 이름으로 돌보았다.
아버지는 일용직 근로자였다.

우긴다고 되는 게 아니야

어디로 가는지 알고 있다.
말없이 목적지를 가리킨다.
소처럼 앞발로 버티고 반항했다.

목소리가 들렸다. 다시 검색합니다.
그곳으로 가시면
먼 곳으로 돌아갑니다.

누군가는 미련한 것이 분명하다.
아니라고 돌아가라고
방향이 틀렸다고 그녀가 우긴다.

내 고집도 만만치 않다.
타협점을 찾았다.
새로운 길을 알려 주었다.

나는 이겼다고 환호성을 질렀다.
그러나 승자는 그녀였다.
그 길은 돌아가는 길이었다.

>

나는 인생을 허비하며 살아왔다.

내 고집이 길을 잃게 했다.

어머니 서

어머니 안녕하세요.
오월의 무덤가에 아카시아 향기 같은
어머니가 계셔요.

호미 날 같은 삶을 평생 자식에 묻고
고단한 삶을 사셨던 어머니.
어머니는 초록 생명으로 사는 줄 알았어요.

헤어짐의 강이 우리를 가로막았을 때
손을 흔들어 며칠 후 며칠 후
요단강 건너가 만나리.
며칠 후에 다시 만날 줄 알았어요.

그 며칠이 마흔 하고도 여섯 해나 지났네요.
그리운 내 어머니. 부르면 날아갈까. 멀어질까.
눈깔사탕처럼 닳아 없어지는 것은 아닐까.
조심스레 야금야금 눈 녹여 먹었는데

부르는 것조차 무서워
벽장(다락)에 꼭꼭 숨겨 두었었는데

어머니가 남겨 둔 또 다른 어머니를
어머니라 부르지도 못하고
마음 주머니 속에 감추어 두고 살았어요.

오늘 아침 어머니 어머니 하고 부르는
아들의 목소리에 토끼 귀가 되어
뼈마디가 녹고 애간장이 타고
가슴이 막 저려 와요.

손에 카네이션은 들렸는데
어디로 가야 하나 몹시 당황스러워요.
천국이 멀다고 한들 어머니 품속보다 멀겠어요.
지옥이 뜨겁다고 한들 어머니 사랑보다 뜨겁겠어요.
요단강이 깊다고 한들 그건 어머님 곁 아니겠어요.

어머니 오늘이 어버이날이래요.
보고 싶어 그리움에 목이 메어 와요.
내 유전자가 어머니 하고 불러요.
그때도 아카시아꽃이 활짝 피었지요.
오늘 아침 아카시아 향내가 얼마나 진하던지

>

아카시아 흰 꽃처럼

무명옷을 명품으로 입고 사신 내 어머니

품 안에서 아카시아꽃 향기가 나요.

이 카네이션을 받으세요. 늦어서 죄송해요.

너무너무 사랑합니다. 어머니

여자 그 이름

할머니
어색한 이름이지만
젊음은 가고 주름만 남았습니다.

못다 쓴 젊은 날에 사연은 남았는데
벌써 주름이 나이를 세고 있네요.
기뻐해야 할지 슬퍼해야 할지. 거울 앞에 서 봅니다.
이만하면 아직 쓸 만한 것 같은데

또 한 고개를 넘으려니 침은 마르고
이마에 인생 훈장을 떼었다 붙였다
밤을 새우고 또 세고 있습니다.

내가 아닌 또 다른 분신이
거울처럼 앞에 당당히 버티고 서서
너는 네가 아니라고 우기고 있네요.
저 똘망, 똘망 한 것이 말입니다.

할미, 할미 하고 **빵긋빵긋** 웃어요.
뭘 알기나 하는 것처럼

기억 속에 흔적들이 지워집니다.

아줌마라는 훈장을 떡하니 떼어 버린 너는
야속한 허무감 용기라는 이름 아래 묻어 버렸다.
아줌마라는 세월을 저 한구석으로 밀어놓고
할머니라는 어색한 이름이 털컥 별이 되었네요.

잠시만 생의 파랑새의 기쁨을 누리면 안 될까요.
젊음의 아름다움이 퇴색의 과정을 거쳐
낙엽이 되어 가고 있어요.

누구나 걷는 길이라지만
기쁨과 슬픔을 동행하는 할머니
이쁜 요것이 방긋방긋 까르르 깔깔
옹알이하고 내 처지를 알려 줍니다.

할머니 그 위대한 그 이름
여보, 당신, 어머니, 아름다운 이름
아가야, 며늘아, 어머니 사랑스러운 이름
할미, 할미! 할머니 정겹고 자랑스러운 이름

\>

놀란 가슴을 쓸어내리며
나 닮은 요 녀석이
지 할미라고 방긋방긋 웃네요.
까르르 까꿍! 요 녀석을 꼭 안아 봅니다.

그래그래 내가 니 할미다. 할미
아직 청춘인 줄 알았는데 말입니다.

그대 오십입니까

—지천명知天命

나이 오십 줄에 들어서니
그대 오십입니까 물으면
예. 오십 대 맞습니다. 하고는 긴장한다.

꽃은 오십 년을 피웠어도 여전히 아름답고
나무는 오십 년을 잎을 내어도 여전히 푸르다.
강은 오십 년을 흘렀어도 여전히 침묵하고 흐르고
나는 오십 대를 맞다가 죽을 뻔했으나 여전히 굳건하다.

그대가 정말 오십이십니까 물으면
예, 오십 대 맞습니다.
자신 있게 대답하고는 긴장한다.

맞은 오십 대가
아프고 서운하고 서글퍼도
나는 여전히 힘찬 오십 대를 맞는다.

육십 대를 맞기에는 무리이고
나는 아직 오십 대가 좋다.
그냥 오십 대 맞으면 되지 않을까.

>

가는 오십 대가 안타까워
아내와 자식에게 생일을 무한정 연기하자고 우기고
단식 투쟁으로 떡국을 거부하기도 했다.

누가 물으면
나는 아직 오십 대가 남았습니다.
예 쉰 대는 미루어 맞기로 했다.

육십 대는 맞아 보지 않아서
가늠하기 어렵고
칠십 대는 더더욱 어렵다.

그냥 오십 대로 살란다.
나도 벌써 육십 대가 되었다.

착각은 자유

그녀가 웃는다.
다만 꽃처럼 웃을 뿐
혹 좋아하는 것은 아닐까.

그녀의 하얀 이가 웃는다.
낮에 맛있는 걸 먹어서일까.

나를 좋아하던 소녀는
손톱이 예쁘다고 그랬는데
그녀의 눈웃음이 예쁘다.

좋은 걸 보았는가.
혹시 나를 아는 것은 아닐까.
그녀가 웃는다. 날 보고 웃는다.
여전히 설렌다.

웃음이 또각또각 걸어온다.
심장이 웃고 가쁘게 뛰고 있다.
이것이 사랑이 아닐까.

\>

착각은 그날에
끝난 줄 알았었는데
그녀는 지금 내 곁에 있다.

제3부 물망초 꿈꾸는 언덕에서

잃어버린 기억

기억을 정지시켜 버린
그녀의 발걸음 소리가
빨강 신호등 앞에 섰다.

하늘은 눈물비가 내리고
라디오 정오의 음악은
길을 잃은 새가 퍼덕거린다.

식지 않은 기억이 열기 속에 오열하고
길모퉁이 찻집에서는 날개를 접고
소녀를 기다리고 있다.

찻집에서 〈예스터데이Yesterday〉가
애절하게 어제를 더듬고
우산을 받쳐 든 내 사랑이
이름을 부를 것만 같은데

음악이 존 덴버의 〈투데이Today〉로 바뀌고
낡아 버린 우산은 기억을 잃고
어느새 신호등은 바뀌어 있다.

누이의 봄

봄바람이 살가운 호수를 어루만지면
솔바람 지나는 탑정호에는
은빛 물고기들이 춤을 춘다.

향긋한 처녀 바람이 지난 자리마다
고사리손 어린잎 살짝 고개 내밀면
바람 손 지나는 탑정호에는
실버들 개나리 철쭉 매화
봄꽃 해맑은 아이들 웃음이 가득하다.

희고 노랗고 붉은 미소를 띤 꽃들은
호수에 피어 물 위에 쌓이고
마음도 호수 위에 쌓인다.

철 지난 철새 호수에 담근
화주花酒에 취해 길을 잃고
호수에 머리를 들이밀고
연신 꽃 도리질을 해 댄다.

탑정호, 곱게 물든 화수花樹에

비나리 하는 여인네들 애를 태우고 태워

고향 집 싸리문에도

누이 댕기 머리에 노랑해당화가 핀다.

어딘들 뭐 어때요

—광야曠野

추위에 떨고 있는 볼에
엷은 햇살 미소 아침을 깨우면
우리 소망이 밝아 옵니다.

시뻘게진 얼굴로 달그락, 달그락
주전자 소리 시끄러워지면
도란도란 엘림오아시스에
기쁨이 행복으로 젖어 듭니다.

먹으면 봄나물처럼 입맛 돌 것 같은
여리고 신 포도 맛보지 못한다 해도
믿음으로 걸어온 광야 길을 그리워할 겁니다.

당신 곁 가까이 다가가지 못해
맘 상하고 밤 깊어 온다 해도
그릿 시냇가에서 우리 사랑을 이야기해요.

여리고에 산들 어때요.
광야曠野에 산다 한들 뭐 어때요.
어디 살면 어떤가요.

임 계신 곳이면 그곳이 천국이지요.

입고 나온 옷 누더기가 되고
신었던 신발 다 닳아 없어져
머리 숙인들 어때요.
당신과 함께라면 그만인 것을

보암직하고 먹음직한 선악과처럼
달콤할 것 같은 신 포도
입맛만 다신 것으로도 만족하면 되지요.
그럼 맛본 거나 다름없잖아요.

사체 뜯어 먹은 까마귀
입으로 물어다 준 음식이면 어때요.
감사로 먹으면 그뿐인 것을

광야曠野처럼 쉽지 않은 인생길
바위 벼랑 끝에 서 있다고 해도
당신 손 놓지 않고 가면
그 길이 꽃길 되지요.

말타기(말뚝박기) 놀이

봄이 지나가는 길목에
여름 손님이 반갑다고 불쑥
손을 내밀어 악수를 청했다.

초록이 꿈꾸는 하늘에
푸른 수증기가 안개비처럼
따가운 햇볕이 등을 토닥토닥한다.

미처 여름을 준비 못 한 유월은
한여름 더위로 손님맞이에 분주하다.
갈 길 바쁜 농부들의 손길은
논배미마다 이앙기로 비석 놀이
줄 긋기에 하루가 모자란다.

여름 곡식들은 서둘러 익어 가고
앞마당에 흰둥이도
혀를 날름날름하는 하루가 지쳐 간다.

봄도 아닌 것이 봄 같기도 하고
여름도 아닌 것이 여름 같기도 하고

달구고 데워서 계절을 채 느끼기도 전에
태양이 냇가로 첨벙 뛰어들었다.

유년 시절 유월의 하루는
앞당겨 찾아온 손님으로
더위와 씨름하느라 지쳐 가고

태양조차 헐떡이며
별을 맞으러 등을 타고
뒷동산 언덕 위로 뛰어 올라갔다.

가마우지

가마우지야. 우지마라.
자맥질하여 네 과거를 건져 낸다 해도
빼앗긴 네 먹이는 잊지 마라.

이용만 당하고 노력의 수고는
내 것이 되지 못한다 해도
목을 조여 오는 아픔이 있어도
먹이를 빼앗겨도 우지 마라.

허기진 배를 움켜쥐고
물속으로 다시 밀어 넣는
야속한 어부를
용서하는 사랑은 잊지 마라.

잃어버린 사랑아. 우지 마라.
겨울 가면 오지 마라.
간다고 우지 마라.
잊어야 할 건 옛일뿐.

망령을 건져 내어 오늘은 살지 마라.

건져야 할 건 까만 과거가 아니라 현재다.
가면 다신 오지 마라.
오지 말 것 같으면 가지 마라.

함께하는 시간이 행복이고 축복이다.
가마우지야. 오면 가지 마라.
묶고 있는 네 올가미가 붙잡아도
후회하도록 우지 마라.

둥근 환한 보름달

가을바람 따라 뉘엿뉘엿 지는 해
어머니 얼굴이 뒷동산에 오른다.

추억 따라 올라간 정자나무 그늘
온종일 일하고 우물물 한 바가지
벌컥벌컥 목을 축이는 등이 굽은 초승달

초롱초롱한 별을 따 달라는
어린 아들에게 늙은 어머니는
해님 달님 이야기 들려준다.

넉넉한 마음으로 마주한 한가위
까마중 먹은 까만 이를 드러내며
환한 웃음 짓는 어머니 얼굴 보름달

토담집 툇마루에
양푼에 가득 담은
추억을 나눠 먹었다.

높새바람 뒤따라온 추석에는

어머니 얼굴 보름달
아내와 아들딸 손을 잡고
뒷동산을 오르자.

어머니의 사랑

눈보라 치는 밤
바느질로 밀려오는 잠을 쫓느라
당신 허리가 휘었습니다.

싹을 키워 내고 봄 오게 하느라
당신 손등은 갈라지셨습니다.
작열하는 태양과 먹구름 모진 비바람
이겨 내느라 등에 땀 젖었습니다.

자식들에게 편안함과 달콤함 선물하느라
당신 이마에 주름살 늘었습니다.

벌써 나도 반백이 되어
머리에 서리가 내리고
어머니 머리에도 흰 눈 내렸습니다.

지치고 아픈 허리 부여잡고
무거운 보따리 이고 지고
겨울 산처럼 자식을 지키셨습니다.

하얀 그림자 2

힘차게 그녀를 안았다.
내게 밤을 다오. 말을 다오.
세차게 밀어냈다.
흔들리지 마라. 흔들리지 마라.
자리를 지켜라.

마른풀처럼 몸이 시들시들해졌다.
젖을 먹던 힘을 다해 용을 써 보았다.
취한 사람처럼 나자빠졌다.
내게 힘을 다오. 내게 귀를 다오.
토라져 가는 너를 외면해 버렸다.

그녀가 졸졸졸 쫓아온다.
진작 따라올 것이지 힘쓰게 하고
어머니처럼 다가와
거머리처럼 찰싹 달라붙는다.

아버지의 냉면

냉면을 먹는 계절이 돌아왔다.
시원한 냉면 육수 면발에
굳은살 같은 아버지 사리가 있다.

허름한 식당 동인천 굴다리
난생처음 먹어 보는
아버지가 사 주신 얼음보숭이

얼음 육수에 달걀 반쪽,
토마토 반쪽, 수박 반의반 쪽,
그 속에 담긴 갈라진 엄지손가락

언뜻언뜻 샌들 사이로 보이던
아버지 두툼한 사리를
시원한 눈물 육수에 담갔다.

냉면 속에 비친 아버지의 얼굴
눈물에 담근 사랑의 시원함이
굳어지고 갈라진 얼음 육수를
철없이 후루룩, 후루룩 들이켰다.

>

오늘 아들과 함께 시원한 냉면을 먹는다.
갈라진 아버지의 손가락에 눈물이 어른거려
들이켜고 들이켜도 바닷물처럼 목은 마른다.
그리움에 아버지 굳은살을 한 올 한 올 훑어 먹었다.

훗날 세상을 떠나고 없는 날
아들은 아버지 냉면 육수의 맛을 기억할까.
내 아버지 좋아하시던
그 냉면 육수의 맛을

인연

칠월의 창문을 열면 푸른 잎 사이로 전해지는
소부리[*]의 향기가 발길에 짙게 묻어난다.
태양은 오층 석탑 위에 땀을 뻘뻘 흘리고
흘린 땀으로 궁남지 진흙 벌에 연화가 고개를 든다.

연잎 대야에 이슬을 담아
목마른 참새 목을 축이고
눈곱 낀 제비 세수하고 가라고
넓은 마음의 하늘을 담아 놓은
궁남지의 사랑 대야.

꽉꽉 시궁창을 뒤지다가
검정이 묻은 오리 신랑
단장하라고 준비해 놓은
소부리 새색시의 인연의 대야.
꽃대궁 족두리에 화촉을 밝힌다.

초복이 이렇게 뜨거운데
양산을 준비하지 못한 그대를 위해
연잎 하나 뚝 따서 건네면

연잎 양산이 되고

여우비라도 연못가에 내려오면
목욕을 하던 천사
잃어버린 옷을 찾느라 바쁘다.

소문 들은 소부리 나무꾼 얼른 뛰어가
초록 우산을 받쳐 준다.
소부리의 인연은 참 너그럽고 아름답다.

* 소부리: 부여夫餘의 옛 이름.

보고 싶은 사랑

올해도 과꽃이 피었습니다.
꾀꼬리의 노랫소리는 들리지 않습니다.
꼬리가 울지 않은 것은
너무 울어 목이 쉬어서인가 봅니다.
보고 싶은 사랑이 발목을 잡아서인지
청력을 잃어서 시각을 잃어서인지
오다 길을 잘못 들어서인지 모릅니다.

꾀꼬리가 노래하지 않는 것은
후각이 고장이 나서인지도 모릅니다.
매연을 너무 많이 먹어
콜록콜록 콜록, 감기에 걸린 것은 아닌지
외모에 신경을 쓰느라 단장을 하느라
울 틈이 없어서인지
걱정이 이만저만 아닙니다.

양날의 검 같은 단절이란 이름으로
시간을 보내는 꾀꼬리
과꽃은 피었는데 울지 않습니다.
뻐꾸기만 먼저 와서 빨리 오라

뻐꾹 뻐꾹, 뻐 뻐꾹 목 놓아 구슬프게 웁니다.

아직 오지 않은 꾀꼬리가 그리워
낮이고 밤이고 뻐꾹 뻐꾹, 애절하게 웁니다.
보고 싶다. 친구여 속히 오라.
뻐꾹 뻐 뻐꾹 뻐꾹 뻐 뻐꾹 목 놓아 웁니다.

꽃은 피고 지고

가는 임을 보내지 못하는 까닭은
당신께서 더디 오는 까닭이요.
쉬 가시기 때문입니다.

지는 꽃 하나의 아쉬움과
봄 하나에 그리움이 쌓이고
당신을 놓지 못하는 까닭은
헤어짐을 기약한 사랑 때문입니다.

끝내지 못한 아쉬움 때문에
봄이 아쉽고
놓지 못하는 이름 때문에
꽃길이 아니어도 나의 길을 갑니다.

꽃도 봄도 사랑에 힘이 들어 지쳐 가지만
불 같은 사랑의 봄은
우리 곁 가까이 왔습니다.

무릎이 시린 걸 보니 여름이 오려는가 봐요.
힘내세요. 내가 있잖아요.

언제나 내 곁에는 꽃인 당신이 있어요.

가는 봄을 서러워 마세요.
꽃은 다시 필 거니까요.
내 사랑이 그러하듯이

흔들리는 유혹

매화는 봄의 유혹을 참기 힘들어
봄의 유혹을 이기지 못해
참았던 웃음보를 터뜨렸다.

참다 참다 더는 참을 수 없어
더는 기다리지 못해
하하 호호, 흐드러지게
한바탕 웃음의 피날레를 장식한다.

봄의 유혹을 이기지 못한 꽃들이
분홍의 스웨터를 걸치고
관광 열차에 봄을 싣고 북으로 북으로
꽃 열차를 타고 올라오고 있다.

홍매가 섬진강에 온다는 소식에
나도 남행 열차에 몸을 실었다.
덜커덩덜커덩 흔들리는 그리움에
몸살을 하며 지금 내가 간다.

메아리로 산다

산의 아들딸로 태어나
보듬어 주고 달래 주고
용기를 주는 이가 있다.

나 아파하면, 너도 아파하고
사랑해, 하면 나도 널 사랑해.
말해 주는 이가 있다.
그래서 우리는 같이 산다.

나는 너에게 너는 나에게
바위가 되어 주고 힘이 되어 주는
메아리처럼 살고 있다.

밤이나 낮이나 너와 나는 함께 산다.
나는 산으로 너는 메아리로
언제나 힘이 되어 주는 변치 않을
너의 영원한 메아리로 살고 싶다.

그건 바람이었어

수평선에 철없는 바람이 분다.
파도가 달려오다가 부들부들
돌부리에 걸려 넘어졌다.
해도 달리다가 구름 언덕에 넘어져 비가 됐다.

나도 가난과 질병 고난 앞에 넘어졌다.
넘어지고 싶은 사람이 있겠는가마는
모두 돌부리에 걸려 넘어지면서 산다.
넘어지고 사는 것이 인생이다.

아프다고 울지 마라.
넘어지지 않고 걸음을 배울 수 없다.
힘들고 지치면 사랑에 잠시 쉬었다.
일어나면 그만이다.

인생은 외롭고 슬픈 것
누가 알아주지 않고 찾아와 주는 이 없어도
하늘이 달려와 가슴을 풀어헤치고 생명의 젖을 물려 준다.
섰다 앉았다 인생을 배우게 한다.

\>

바람이 한걸음에 달려와
얼굴을 어루만져 안아 주고 보듬어 준다.
사는 것이 힘이 된다.

인생이란 모두에게 바람 같은 것
바위처럼 자리를 지키는 것
잡히지도 않고 바람같이 왔다.
바람처럼 사라지는 거였다.
인생은 바람이었어.

제4부 말해 주세요

그대인가요

참을 수 없어 흘린 눈물이지요.
시간의 발걸음 소릴 들으며
반가움에 기쁨을 흘린 거지요.

언 마음을 녹이는 눈물은 소금 같아요.
눈물이 세상의 소금물이 될 때
나는 사랑의 눈물을 흘려서
희망을 싹틔우는 봄이 될래요.

당신이 세상 빛이 될 때
희망의 봄 키우는
한 줌의 거름 될래요.

당신과 내가 만나 우주가 되고
당신과 내가 만나 빛과 소금처럼
네가 되고 내가 되어
흐르는 눈물 봄비로 내리네요.

시인의 마을에 정월

샤갈의 마을에
눈이 찾아오고
시인의 마을에도
정든 이가 찾아왔다.

대여(김춘수金春洙)가 머물다 간
정겨운 마을에 눈은 내리고
사랑하는 이가 시심의 아궁이에
불을 지핀다.

희망을 바라고 서 있는
시인의 눈동자에
새로 돋은 사랑이
바르르 떨고 있다.

사랑의 눈은 날개를 달고
봄을 어루만지며
하늘에서 내려와 동리의 초가와
아이들을 덮는다.

＞
정월에 눈이 오면
능골과 연무마을에는
사랑하는 사람들로 북적이고

색동옷을 입은 아이들이
쥐불놀이하느라
깡통으로 큰 원을 그리며
사랑하는 사람의 얼굴을 그린다.

시인의 마을에 정월 보름에는
그해의 제일 큰 시심의 불이
봄을 어루만진다.

겨우살이 별

겨우 살아서
겨울잠을 자는 별들아
밤하늘이 시리다.

어디 갔다가
지금까지 숨어 있었는지
사랑이란 이름으로 내게 찾아왔다.

나뭇가지 꼭대기에 알알이 박혀 있는
겨우살이 별들아 사랑을 꿈꾸었다.
잃어버린 태고의 시간 속에
사랑은 빛나고 신의로 가득 찼다.

사랑의 불을 아궁이에 붙여
굴뚝 연기처럼 뭉게뭉게 피어오른다.
밤하늘의 은하수에 손을 담그면
어머니의 손길 같은 포근함이 배어 나온다.

겨울을 지내느라
너도 춥겠구나.

밤은 먼 데서
나타샤처럼 찾아오고.

흰 목도리 두르고 있는
동백을 보니 곧 봄이다.
내 사랑아 조금 더 힘을 내자.

가지 끝에
겨우 살아서 숨을 쉬는
겨우살이 별들아.
밤하늘이 시리다.

봄을 사려는 사람들

실개천 졸졸졸 냇물 흐르고
봄을 파는 리어카 앞에는
봄을 사려는 사람들이 줄을 섰다.
수선화 다알리아 히아신스 자운영,

주거니 받거니 흥정이 오고 가고
사는 사람 파는 사람
모두의 얼굴과 입가에서
만족한 봄을 샀다.

북풍한설이 다 지났지만
남풍은 더디고 더딘 발걸음으로
큰 한숨 한번 몰아 내쉬고는
꽃 뿌리에 입맞춤하였다.

먼저 심어진 수선화가
웃음으로 먼저 봄에 입맞춤하고
화단 옆 돌부리에 민들레도
방긋방긋 하얗고 노란 웃음을 짓는다.

>

찔레꽃 붉게 피는 봄은
기다리는 사랑 앞에
우리 곁 가까이에
미소로 찾아왔다.

정열의 오월

얼굴을 붉히며
속살을 살포시 드러낸 오월의 장미가
사랑의 신비를 열고 있다.

붉은 속살의 의미를
누구라서 알 수 있으랴마는
아랑곳하지 않고 정열로 타오르고 있다.

그 열정 앞에 순수함 앞에
오월의 장미는
싱그러운 웃음을 담아내고 있다.

꽃잎 위에 아침 이슬
톡 하고 떨어지면
오월은 다시 정열로 피어나고
사랑의 신비는 가슴속에서 열린다.

가시로 제 몸을 찔러
붉게 물들인 당신도
정열로 가슴이 붉게 물들면

\>

잊어버린 남은 시간이

점점 뜨겁게 뜨겁게

붉게 붉게 오월이 물들어 간다.

삽자루 때

쓸개 같은 것이 마음을 헤집어 놓고도
미안한 기색이 하나도 없다.
당당하게 뻔뻔하게
미안한 마음도 없이
한구석에 서 있는 것이 밉상이다.

누가 가슴 웅덩이까지 파라고 했나.
미움을 다 파헤쳐 놓고도
한낮 늘어져 코를 고는 것이 꼴불견이다.

파라고 할 땐 꿈쩍도 안 하더니
파지 말라고 할 땐 다 파헤쳐 놓고
심보가 고약한 삽이다.

고집스러운 인생을
한길만 더 팠더라면
사랑의 샘이 터졌을 텐데

그 한 뼘이 모자라
이리 마음고생이니

사랑의 수고가 필요하다.

조금만 더 수고했더라면
행복해질 수 있었을 텐데
미움 한 삽을 더 파지 못해서
섭섭한 마음은 어디서 보상받지.

마음에 박힌 삽처럼
가슴에 미움이 박혀 있다면
한 삽만 더 파 주면
너와 나 행복의 샘이 넘칠 터인데

힘들어하는 이에게

구름이 떼로 괜한 심술을 부린다.
나뭇잎을 툭툭 건드리고 반갑다며 꽃잎을 툭툭 치고
곡식 위에 건반을 두드려 보니 심심한 게 맞다.

장난기로 해를 간지럼 태우다
험악한 인상에 얻어맞았다.
울음보가 터졌다.

악동 성질 한번 부리면
모두가 놀라 슬금슬금 피한다.
으앙! 하고 울음보가 터져
비단 강이 배가 불러
뒤를 보러 밖으로 나갔다.

구름 한 점 없는 날 어디 있나.
인상 한번 안 쓰고 사는 사람 어디 있나.
성질 한번 안 부려 본 사람이 있는가.

잔뜩 불만에 독기라도 품으면
모두 불안하고 불편해진다.

내가 쓴 인상 때문에
내가 부린 성질 때문에
맘 상한 이가 있다.

심술로 툭툭 비를 뿌려 대면
웃는 꽃들은 불안하고 초목은 긴장한다.
꽃들이 벌벌 떠는 홍수가 나는 싫다.

아픈 기억쯤은 훌훌 털어 버리고
웃으며 눈물 한번 흘려 보아요.
필요할 때 주는 사랑이 진정한 사랑이죠.
힘들어하는 곡식과 꽃들에게 어깃장 그만 부리고
사랑비를 내려 보아요.

그대 이름은

그대 더위를 못 참는 여름이 왔습니다.
여름을 알리는 수국이 꽃을 피우고
비바람도 지나갔습니다.

여름은 그렇게 오나 봅니다.
그대와 나 여름이면
냉철한 사람인 나와 뜨거운 그대
우리는 선풍기로 다퉜지요.

그만 틀어라. 춥다는 나
더워서 안 돼요.
전쟁의 끝은 내가 이불을 덮든지
옷을 입든지 해야 끝난다.

그대가 미운 건지 선풍기가 미운 건지
더위가 미운 건지
네가 참아야 해.
옥수수가 담 너머 말을 하네요.

과일과 곡식들이 하나같이

내가 틀렸다고 해요.

정말 서운해요.

논쟁하다가 밤을 꼬박 새웁니다.

여전히 선풍기를 틀고 있는 당신은 뭔가요

여름이 덥기는 더운가 봐요.

나도 안 틀고는 못 배기니

그대의 여름은 땀범벅

나는 미안하기만 합니다.

캥거루 두 마리

내 아들은 원숭이
어려서는 가진 재주를 다 부리지
너의 재롱이 기쁨이 되고
희망이 되었지

내 아들은 호랑이
재롱을 떨다가도 용맹한 자세로
어느새 "아버지 제가 할게요."
힘을 쓰는 사자였지

내 아들은 코끼리
이빨 빠지고 손톱 발톱 빠진 나에게
등을 내밀어서 "아버지 업히세요" 하고
긴 코로 나를 둘러업었지.

내 아들은 캥거루
재롱을 떨며 자랐지.
가슴에 넣어 둔 캥거루 두 마리
사랑하는 내 새끼.

마음의 위로

골목길을 돌아서면 장미가 살고 있다.
오가는 길엔 어김없이 돌담 너머로
깨금발 하고 고개 들어 웃는 모습이
사랑이 꿀처럼 뚝뚝 떨어진다.

손 내밀어 반가이 인사한다.
장미야 잘 있었니. 웃음으로 인사를 건네면
태양 볕이 심장을 할퀴고 간 자리에
눈부신 이슬비가 내렸다.

갈라진 틈으로 하얀 미소가
마음을 위로하고
맘 상한 날엔 심장을 할퀴고 간 미소가
이슬비 되어 눈물처럼 뚝뚝 떨어진다.

죽어 있는 풀이 장미에게는
햇볕 마른 수건으로 닦아 준다.
장미야 왜 상심하고 있어.
무슨 말을 들었어. 위로를 건넨다.

>

쏘는 말이 할퀴고 간 자리에
쓴웃음이 되어 강물은 흐르고
아침부터 부둥켜안고 엉엉 울었다.

살다 보면
매연에 미세먼지에 목은 잠기고
수군수군하는 말이 담을 넘어
마음을 쓰리게 한다.

살면서 웃음만 좋은 말만 들을 수 없어
쓴웃음을 짓는다.
마음을 가시로 찌르고
아픔이 잎사귀처럼 자라고 있다.

잎으로 눈을 가리고 잎으로 귀를 막아도
속까지 숨길 수 없다.
장미 눈에 이슬이 마르기 전에
내 미소가 마음의 위로가 되었으면

장미 얼굴에 미소가 번지고

내 얼굴에도 환한 웃음이 흐른다.
너를 사랑한다고 내가 있다고
손 흔들어 씨익 웃는다.

바람이었음 해

미움의 파도가 밀려와 마음이 흔들렸어요.
사랑의 물결이 힘내라고 등을 두드릴 때
갈등의 파도가 일어 아프고 괴로웠어요.

단단히 마주 잡은 손
모래알 되지 않게
고통의 시간이 눈 뭉치 되어 하나가 되어요.

바위야, 함께 고통을 맞이할 수 있어.
얻어맞은 자리 아프고 멍이 들어
피고름이 흘러도 연고를 발라 줄게.

붕대를 감아 주어도
치료가 되지 않아
물결에 손을 베었지.

바위처럼 단단한 마음
시퍼렇게 멍든 자리는
네 마음이 내 마음이야.

>
바람길 따라 함께 넘실넘실 춤을 춘다.
너 나 우리는 하나지. 그렇지. 친구야.
너와 같이 살고파서

너는 파도
나는 갯바위
만나는 바람이었음 해.

연시

사각사각 밤이 사과 깎는 소리가
고려산을 삼킨다.

산이 잠에서 깨어나기 전
문학의 아침은 밝아 오고 있다.

해진 구두 멋진 중절모
남루한 옷 낡은 구두
도시 빈민가 삶에 구김이 없다.

나이를 갉아 먹는 기생충 때문에
초승달에 등을 기대 밤을 짊어지고
등이 굽은 아버지가
안개 자욱한 길을 걸어가신다.

세월도 잠을 자지 못했다.
젊은 날에도 짐을 내려놓지 못했는데
지겟다리를 의지해 기다리다 지쳐서
고향 산천에 잠을 청하셨다.

>
정거장에 서 있는 버스에게
염려스러운 눈빛을 보낸다.
기약 없이 하루가 또 간다.

푸르름은 다시 바뀌고
지겟다리는 힘이 없이 누워 있고
중절모는 초록으로 바뀌었다.

아버지 내일은 갈게요.
내가마을 정거장에 빈 버스는 아들을 기다리고
중절모에서는 멋진 인생의 땀 냄새가 난다.

아버지가 쓴 인생의 연시를
돋보기를 열어 또박또박
한 줄 한 줄을 화폭에 담는다.

눈 가렸나 보다

솜사탕 같은 새하얀 눈을
누가 밤새 쌓아 놓고
갔나 보다.

아무도 보지 못하게
밤새도록 몰래몰래
함박눈 송이송이 내렸나 보다.

아무도 듣지 못하게
소리 없이 밤새 소복소복 흰 눈
쌓였나 보다.

뜨락에 소나무
지켜볼까 봐 살짝
눈 가렸나 보다.

형틀에서 자유를

김 간호사는 가장 안락한 자리를 권한다.
얼마나 편한지 금세 잠이 들 것만 같다.
위 이이 잉, 윙윙. 굉음 소리가
산업현장의 심장박동 소리를 내고
포클레인 소리인지 기계음이 들린다.

편안하다. 불안하다. 바늘방석이다,
벌써 몇 사람이 나자빠졌다.
어차피 인생은 넘어지고도 자빠지는 것.
넘어질 때 쓰라림과 아픔이 말할 수 없겠지만
받치고 있던 기둥 몇 개 쓰러진다고 죽지 않는다.

삶의 기둥이 무너져 내릴 때도 흐느적거리지는 않았다.
행사장의 풍선이 일어서려 하지만 누구도 관심이 없다.
넘어지든 자빠지든 세상은 관심이 없다.

나만 상처받을 뿐이다.
악다구니를 쓰고 이를 악물고 참아야 한다.
기계 돌아가는 소리에 놀란 토끼 심장이 되었다.

>
다리에 맥이 풀리고 날갯죽지를 잃은 새처럼
심연으로 곤두박질친다.
날개가 그리운 것은 어찌된 일인가.

아득해 온다. 숨이 가쁘다. 죽을 것만 같다.
형틀을 박차고 나가고 싶다.
그럴 수 없다는 것은 죄수인 내가 더 잘 안다.

고통스러운 유리 형틀처럼 안절부절못할 일은 아니다.
손에 땀을 쥐고 이름 모를 사람과 숫자들을 세어 본다.
몇 번의 죽음을 경험하는 안락함의 자리가 누워도 바늘방
석이다.

연장들이 비명을 지르고
매일의 삶 속에서 긴장감이 발 빠르게 움직여도
옆 사람이 죽어 갈 때 삶에 피비린내 나는
냉혹한 터전에서 살린다는 명목 아래 또 그 누구는 없다.

기둥 몇 개 뽑는다고 죽지 않는다.
정신 몇 개 영혼 몇 개 사상 몇 개를 뽑는 것이 죽음이다.

반항의 기질이 있는 나는 기질을 잃어버리고
순종에 길들이기라도 했는지. 아 하세요. 더 크게 크게 크게
이제 양치하세요. 뱉지 말고 삼키세요.
김 간호사의 소리에 겁에 질린 사슴처럼 꼼짝도 못 하고
말 잘 듣는 강아지처럼 고분고분하다.

나는 그녀 앞에만 서면 왜 이리 작아지는지,
언제 내가 그렇게 순한 양이 되었는지.
가난한 내가 비용을 내라면 아무 말 없이
겁에 질려 찍소리도 못한다.

갖다 바치고 고분고분 하라는 대로 한다.
나는 원래 이렇게 착하디착한 바보였는가.
영혼까지 가져다 바칠 기세다.
안락한 형틀에만 앉으면 누구나 순한 양이 되는
이유를 도무지 모르겠다.

머리 숙여 감사 인사를 한다.
뭐가 감사한 것인지 모르면서
아픈 상처를 부여안고 다시 오라면 내 그러나 보자.

암 그러지 말아야지. 수백 번 골백번 되뇌어도
말이 떨어지기가 무섭게 다음 주에 오세요.
말이 끝나기가 무섭게 예, 하고는
기둥을 세 개나 허문 턱을 붙잡고 눈물 흘리며 돌아선다.

미움의 표시도 하지 못한 채
오늘도 실패다.
나는 바보가 틀림없다.
어쩔 수 없는 순한 양으로 태어났는가.
순종은 당신께만 기쁨이 되어야 하는데
나는 어이해서 불순종의 길을 가고 있는 것인가.
고집스러운 발을 착고着錮에 채워야만 한다.
그런데 내 발은 또 여기. 이 자리로 와야만 되는가.
형틀에서 자유를 찾는다.

서정의 완성, 사랑의 완성

이병철(시인, 문학평론가)

   레비 스트로스는 인류의 가장 큰 고민이 늘 '타자성'을 어떻게 처리할 것인가의 문제였다고 말한다. 김초엽의 소설집 『우리가 빛의 속도로 갈 수 없다면』(허블, 2019)에 수록된 단편 「스펙트럼」에서 외계인 '루이'는 지구인 '희진'을 처음 본 순간 자신의 노트에 이렇게 적었다. "그는 놀랍고 아름다운 생물이다"라고. 이때 놀라움은 이질적 타자에 대한 본능적 반응이다. 그런데 '놀라움' 다음에 '아름다움'이 오는 순간, 머리를 한 대 얻어맞은 듯 멍해진다. 오늘날 현대인들은 타자의 이질성을 어떻게든 분리하고, 추방하고, 지우려 하지 않는가? '다름'을 혐오하고 배제하지 않는가? 저 문장을 현대인들의 시선에서 고치면 "그는 놀랍고 징그러운 생물이다" 혹은 "그는 놀랍고 위험한 생물이다"가 될 것이다.

   한국 사회는 물질적 풍요를 이루었으나 사람들의 마음은 점

점 더 협소하고 빈곤해진다. 자본화된 욕망은 밀려난 이들, 약자와 소수자들, 오래된 것들, 이질적 타자를 품지 못한다. 이웃들의 삶이, 타자와 함께 나누던 추억과 낭만들이, 사랑이 여기저기서 철거되는 중이다. 동일성의 원리로 타자성을 배격하는 이 차별과 혐오의 시대에 황진구의 시는 "나는 너에게 너는 나에게/ 바위가 되어 주고 힘이 되어 주는/ 메아리처럼"(「메아리로 산다」) 살 것을 우리에게 촉구한다. 비극적 세태 가운데서도 끝끝내 나와 다른 타자의 이질성을 아름다움으로 품어 노래하려는 의지를 보여 준다.

먼저 오르려 아등바등
등을 비벼 가며 오르다가
살갗은 벗겨지고 꼬이고 꼬여
마음까지 꼬여 버리고 말았다.

나 아닌 또 다른 내가 미워서
등을 돌리고 살았다.
밤이 오면 상처 난 자리가 쑤시고
뼈 마디마디가 욱신욱신 저리고 아픈 것이
나 때문인 거 같아 후회가 밀려온다.

모진 비바람 부는 아픈 날이면
서로가 서로에게 의지가 되고
약함이 힘이 되는
필요한 존재였음을 깨닫는다.

우리는
보듬고 안아 주고 달래 주고
등을 기대어 살아가는
등나무 같은 존재이다.

　　　　　　　　　　　　—「꼬여 버린 것들」 전문

　위 시는 연대와 공존 대신 배격과 분리를 앞세운, 독존만이
횡행하는 이기주의 사회를 준엄하게 꾸짖는다. "먼저 오르려
아등바등/ 등을 비벼 가며 오르다가/ 살갗은 벗겨지고 꼬이고
꼬여" 버리는 '나'는 오늘날 한국 사회에서 공동체적 감각을 상
실한 채 치열한 경쟁에 내던져진 모든 개인들의 초상이다. 먼
저, 빨리, 높이를 종용하는 사회에서 사람들은 오직 타자와의
경쟁에서 이기는 것만을 욕망한다.
　하지만 과속으로 달리는 오토바이에게 늘 사고의 위험이 따
르듯 이 욕망의 질주는 "상처 난 자리가 쑤시고/ 뼈 마디마디
가 욱신욱신 저리고 아픈" 고통을 주체에게 안겨 준다. 위 시
의 화자는 그 아픔이 "나 때문"임을 자각한다. '내로남불'이라
는 말이 유행할 만큼 자신에게는 관대하고 타인에게는 엄격한
이기적인 시대에 내가 겪는 아픔과 불행을 '내 탓'으로 돌리는
성숙한 태도는 곧 "우리는/ 보듬고 안아 주고 달래 주고/ 등
을 기대어 살아가는/ 등나무 같은 존재"라는 인식으로까지 나
아간다. 스스로를 반성적으로 성찰하는 순간 기존의 자기중심
적 세계관이 타자 지향의 이타적 정신으로 전환되는 것이다.

손만 잡으면 되는 걸
그걸 몰랐네.
마음만 열면 되는 걸
그게 쉽지 않았네.

미안하다 사랑한다.
입만 열면 되는 걸
그걸 미처 못 했네.

나 바빠 조용히 좀 해
귀만 열면 되는 걸
그걸 못 했네.

시간을 열어 들으면 되는 것을
귀도 입도 마음도 못 했네.
살면서 온통 미안한 것뿐이네.

마음만 열면 되는 걸
그게 쉽지 않았네.
미안해 사랑해.

—「미처 몰랐네」 전문

서정이란 주체가 세계와 합일하거나 화해하는 상태다. 결국
서정은 타자와의 화해와 합일, 조화와 균형의 감각을 주체에게
내면화한다. 서정의 순간이 우리 안에 충만해질 때, 우리는 '나'
라는 개인이 홀로 존재하는 개별자가 아니라 우주 자연의 모든

타자들과 관계 맺은 유기적 존재임을 확인하게 되며, 그때 비로소 자기중심적이고 즉자적인 세계 인식에서 벗어나 타자 지향적이고 대자적인 성숙한 인격으로 전향할 수 있게 된다.

우리는 모두 "손만 잡으면 되는 걸" 모르는 사람들이다. "마음만 열면 되는 걸" 못 하는 사람들이다. "나 바빠 조용히 좀 해" 말하면서 '나'라는 반경으로부터 타자를 추방하고, 경계를 만드는 사람들이다. "사랑한다면서 날이 선 칼로 찌르고"(「너무 애쓰지는 말자」), "가슴에 미움이 박혀"(「삽자루 때」)서는 "옆 사람이 죽어 갈 때" "넘어지든 자빠지든" "관심이 없"(「형틀에서 자유를」)다. 하지만 인간은 결코 혼자서는 살 수 없는 사회적 동물이다. "인생 나 혼자 잘살자고 하는 것도 아닌데"(「혼자 산다고?」) 왜 그렇게 미움과 반목, 시기로 마음을 병들게 하는 걸까? 함께 더불어 잘 사는 법은 간단하다. "미안하다 사랑한다" "입만 열면" 된다. "귀만 열면 되"고 "마음만 열면" 된다. '나'를 비워야만 '너'를 채워 '우리'가 될 수 있다. 그것이 바로 서정의 원리다.

시 쓰기는 주체인 내가 대상인 타자 쪽으로 옮겨 가는 과정이거나 대상을 내 쪽으로 옮겨 오는 감응과 동화同化의 예술이다. 에마뉘엘 레비나스는 "타인의 얼굴과 만나는 것은 특별한 초월의 경험과 경이로운 무한 관념의 계시를 가능케 한다"고 했다. 황진구의 시에는 타자에게 건너가고 싶은, 또 타자를 건너오게 하고 싶은 열망들이 가득하다. 분리와 혐오의 시대에 황진구는 타자를 경계하기보다 끌어안아 합일하는 쪽을 택한다. 타자와의 관계 맺기는 자아의 성숙을 이루게 한다. 시인은 이 세계의 사물들과 끊임없이 관계 맺는 자여야 하고, 시 쓰기는 그 관계 맺기의 미학적 실천이어야 한다.

건들기만 해 봐 가만두나
한때는 아픔을 주고 살았다.

살을 베고 세월을 배고 살아야 했다.
사랑한다면서 날이 선 칼로 찌르고
베이는 삶을 살았다.
억새같이 억세게 살려고 몸부림쳤다.

제 잘못이지 뭐, 왜 못 하는 거야.
그것밖에 안 돼. 그것도 못 해.
나는 잘하는 것처럼 살았다.

생각해 보면 인정은 고사하고
격려를 사치로 여기며 살았다.
생각해 보면 가까이하지도 못하는
억새처럼 살고 있었다.

흔들리는 갈대를 보았다.
찾아오는 이 없으니 삶이 얼마나 서글픈지
갈대를 보며 알았다.

인생은 기쁨 아니면 슬픔
뼈마디가 녹고 온몸이 사그라드는
흔들리는 모습으로 살아도 좋다.
곁에만 있어 다오.

흔들면 흔들리지. 흔들리면 뭐 어때,

인생이 뭐 별거냐.

흔들리지 않는 갈대 같은 인생이 있더냐.

흔들리지 않으려고 너무 애쓰지는 말자.

—「너무 애쓰지는 말자」 전문

 1993년 작 《흐르는 강물처럼》은 멋진 영화다. 눈부시던 시절의 브래드 피트가 몬태나를 흐르는 빅블랙풋강에 몸을 담근 채 플라이 낚시를 하는 장면이 많은 사람들의 기억에 남아 있다. 아버지의 정형화된 낚시 방법을 거부하고 자신만의 창조적 기법으로 대형 무지개송어를 낚아 낸 브래드 피트가 환하게 웃는 모습은 정말 아름답다.

 하지만 영화에서 가장 인상적인 장면은 낚시가 아닌 목사 아버지의 생애 마지막 설교다. "이웃이 곤경에 처했을 때, 우리는 그를 돕겠다고 나섭니다. 하지만 어떻게 도와야 할지, 그가 무엇을 원하는지 모르는 경우가 대부분이지요. 때로는 원치 않는 도움을 주기도 합니다. 이처럼 서로 모르는 사람들과 살고 있습니다. 그러나 우리는 완벽히 이해하지 못해도 완전히 사랑할 수는 있습니다"라는 영화 속 설교는 큰 울림을 줬다.

 위 시의 화자는 "억새같이 억세게 살려고 몸부림쳤"던 생애를 고백한다. 타인을 향해 "제 잘못이지 뭐, 왜 못 하는 거야" 힐난하고, "그것밖에 안 돼. 그것도 못 해"라며 가시 돋친 말들을 쏟아 냈던 지난날을 참회한다. 그가 사람을 살리는 말 대신 죽이는 말을 서슴없이 뱉었던 것은 "나는 잘하는 것처럼 살

앉"기 때문이다. 타인의 말과 행동이 자기 기준에서 벗어나면, 자기 방식과 다르면 이해하지 못했다. 이해할 수 없으므로 받아들이지도 않았다. 자신 역시 불완전한 존재면서 타인의 아주 작은 흠결조차 용납하지 못했다. 그 결과 "찾아오는 이 없으니 삶이 얼마나 서글픈"가. 철저하게 고립무원의 신세가 되고 보니 "뼈마디가 녹"는 회한이 사무친다. 이제야 타자의 이질성과 불완전함을 수용하면서 "흔들리는 모습으로 살아도 좋다"고, "곁에만 있어" 달라고 토로하는 화자는 비로소 완벽히 이해하지 못해도 완전히 사랑할 수 있는 원리를 깨달았다. 늦었다고? 아니, 늦지 않았다. "어제는 어제일 뿐이다. / 어제 슬프다고/ 오늘까지 슬퍼야 할 필요는 없"(「뭉이와 이별하면서」)다. 뜨거운 사랑의 실천은 이제부터 시작이다.

봄바람이 살가운 호수를 어루만지면
솔바람 지나는 탑정호에는
은빛 물고기들이 춤을 춘다.

향긋한 처녀 바람이 지난 자리마다
고사리손 어린잎 살짝 고개 내밀면
바람 손 지나는 탑정호에는
실버들 개나리 철쭉 매화
봄꽃 해맑은 아이들 웃음이 가득하다.

희고 노랗고 붉은 미소를 띤 꽃들은
호수에 피어 물 위에 쌓이고

마음도 호수 위에 쌓인다.

철 지난 철새 호수에 담근
화주花酒에 취해 길을 잃고
호수에 머리를 들이밀고
연신 꽃 도리질을 해 댄다.

탑정호, 곱게 물든 화수花樹에
비나리 하는 여인네들 애를 태우고 태워
고향 집 싸리문에도
누이 댕기 머리에 노랑해당화가 핀다.

　　　　　　　　　　　—「누이의 봄」 전문

　타자를 향한 '완전한 사랑'의 미학적 실천은 작고 연약한 것
들, 소외된 것들, 경계 밖으로 밀려난 것들과의 화해와 조화
에서부터 시작된다. 위 시에서는 마치 나비효과처럼, 눈에 보
이지 않는 "봄바람"이 "호수"와 교감하는 것을 시작으로 "은빛
물고기"와 "고사리손 어린잎"과 "실버들 개나리 철쭉 매화"와
"해맑은 아이들 웃음"까지, 자연 만물과 인간이 조화로운 협화
음을 이루게 된다. 작고 연약한 것들, 그리고 "철 지난 철새"
처럼 잊혀지고 소외된 것들이 한데 어우러질 때, 이 조화와 상
응, 화합과 연대의 감각은 "고향 집 싸리문" "누이 댕기 머리"
에 "노랑해당화"를 피워 내는 것으로 마침내 서정을 완성한다.
서정은 주체와 세계가 합일하는 순간을 재현함으로써 미메시
스를 구현한다.

발레리는 "수단 가운데 가장 손쉬운 것은 강도剛度다. 왜냐하면 다른 말보다 강한 말을 쓰는 데 더 많은 힘이 필요한 건 아니니까. 피아노보다 투티나 포르티시모를 쓰는 데, 정원보다 우주를 쓰는 데 더 많은 힘이 드는 건 아니니까"라고 했다. 모두들 크게 외치고, 큰 소리로 말하는 시대다. 강하고 센 것들만 살아남는 세상이다. 큰 나무들로 울창한 숲에서 풀잎이 바람에 흔들리는 소리를 들어 본 적 있나? 캄캄한 그늘에서 침묵과 입 맞추는 작은 빛을 본 적 있나? 황진구의 시에서 우리는 작고 섬세한 것의 아름다움을 본다. 그의 시선은 작은 것, 여린 것을 향해 끊임없이 뻗어 간다. 지금 이 순간에도 연약한 것들은 보이지 않는 곳에서 우주를 이루는 중이다. 그 우주 안에서 "나는 너에게 너는 나에게/ 바위가 되어 주고 힘이 되어 주는/ 메아리처럼 살고 있"(「메아리로 산다」)다.

눈보라 치는 밤
바느질로 밀려오는 잠을 쫓느라
당신 허리가 휘었습니다.

싹을 키워 내고 봄 오게 하느라
당신 손등은 갈라지셨습니다.
작열하는 태양과 먹구름 모진 비바람
이겨 내느라 등에 땀 젖었습니다.

자식들에게 편안함과 달콤함 선물하느라
당신 이마에 주름살 늘었습니다.

벌써 나도 반백이 되어
머리에 서리가 내리고
어머니 머리에도 흰 눈 내렸습니다.

지치고 아픈 허리 부여잡고
무거운 보따리 이고 지고
겨울 산처럼 자식을 지키셨습니다.
　　　　　　　　　　　—「어머니의 사랑」 전문

　이질적 타자들, 작고 연약한 것들, 소외되고 잊혀진 것들을
향한 뜨거운 사랑의 발현은 "네 이웃을 네 몸과 같이 사랑하
라"는 그리스도의 가르침이 시인에게 내면화된 결과다. 목사
인 그는 매일 하나님의 선하심을 바라보며 그 음성에 귀를 기
울인다. "내가 너희를 사랑한 것같이 너희도 서로 사랑하라"는
말씀을 삶에서 실천하기 위해 "바위 벼랑 끝에 서 있다고 해도/
당신 손 놓지 않"(「어딘들 뭐 어때요」)는다.
　그런데 신앙이라는 초자아보다 먼저 시인의 내면에 사랑을
학습시킨 건 '어머니'다. "자식들에게 편안함과 달콤함 선물하
느라/ 당신 이마에 주름살 늘어" 버린 어머니의 헌신이 시인에
게 사랑의 원형原型으로 새겨졌으리라. 에밀 뒤르켐은 종교와
사회가 서로 뗄 수 없는 것이며, 종교는 결국 교회라는 도덕적
사회 공동체를 원천으로 삼는다고 말했다. 사람들은 교회에서
초월적인 신의 현현을 직접 경험하는 것이 아니라 '위로'와 '포
용'과 '연대'라는 공동체적 감각을 통해 희미하게 표상된 신의
이미지를 추종하는데, 오늘날 사회 공동체의 해체와 도덕적

올바름의 붕괴는 사람들로 하여금 신을 볼 수 없게 하고, 망각하게 만든다. 하지만 사랑의 기억이 사라진 시대에도 어머니는 "겨울 산처럼 자식을 지키"신다. 그 거룩한 희생이 세상을 밝힐 때, 사람들은 뜨거운 모성애에서부터 신을 감각한다. 그렇게 사랑이 다시 강물처럼 흐르기 시작한다.

발레리는 「해변의 묘지」 마지막 연 첫 문장에 이렇게 썼다. "바람이 분다, 살아야겠다!". 지독히도 춥고 캄캄한 겨울이지만 황진구의 시가 펼친 "수평선에 철없는 바람이 분"(「그건 바람이었어」)다. 철이 없다는 건 세속적 욕망에 물들지 않았다는 얘기다. 시인이 맑은 마음으로 그려 낸 봄빛 수평선에서 노랫소리가 들려오는 듯하다.

루 크리스티의 〈Beyond the blue horizon〉은 저 수평선 너머에 희망이 넘실거린다고 노래한다. "파란 수평선 너머엔 행복한 날들이 기다리고 있어. 괴로웠던 날들은 이제 안녕. 새로운 삶이 시작될 거야"라고. 바다에서는 비관주의자가 낙관주의자로, 염세주의자가 긍정주의자로 바뀐다. 그래서 사람들은 거친 격랑이 일고 비바람 세게 몰아치는 삶의 바다를 벗어나 잔잔하고 부드러운 바다 앞에 서서 수평선을 바라보곤 한다. 저수평선 너머 내일에는 행복과 희망, 꿈과 사랑이 반드시, 반드시 있기 때문이다. 그 수평선이 여기, "가쁜 숨을 토해 내며 물보라 이는 탑정호"(「탑정호 줄다리기」)에도 펼쳐지고 있다. 수평선을 보듯 황진구의 시를 읽는다. 새로운 서정이, 새로운 사랑이 지금 막 시작되는 중이다.

천년의시인선